Guilt|Pleasure, TogaQ & Kichiku Neko

The Bride

»Bitte nennen Sie mich Jesse«, sagte er, rutschte auf den Beifahrersitz und schloss die Tür, sodass die Enge meines Autos zu unserer eigenen kleinen Welt wurde.

Ich ließ mir seinen Namen auf der Zunge zergehen und lenkte den Wagen zurück auf den verlassenen Highway. Die Sonne verschwand bereits hinter dem Horizont, doch der Asphalt strahlte noch die sengende Hitze des Tages ab.

»Ich bin so froh, dass jemand vorbeigekommen ist«, erzählte er. »Ich bin schon seit …«, er zog ein silbernes Handy aus der Tasche und zeigte es mir, »… gefühlten Stunden unterwegs. Das ist die einzige Uhr, die ich habe, aber der Akku ist leer … und dann ist auch noch mein Wagen liegen geblieben.«

»Wohin wolltest du?«

Er nannte den Namen einer Stadt, von der ich noch nie gehört hatte. Ich fragte nicht nach den Einzelheiten.

»Wie weit ist es bis zur nächsten Werkstatt?«, fragte er. »Oder gibt es wenigstens eine Möglichkeit, einen Anruf zu tätigen?«

»Diese Gegend ist ein totales Funkloch«, erklärte ich. »Überall Berge um uns herum. Du kannst von meinem Haus bei der Werkstatt anrufen.«

»Ich … will Ihnen keine Umstände machen …« Mit einem Mal hatte sich sein Tonfall verändert. Mir war unklar, ob er tatsächlich meinetwegen besorgt war oder ob er sich unwohl fühlte. »Es ist nett, dass Sie mich überhaupt mitnehmen.«

»Ich wohne etwa zehn Meilen von hier entfernt«, erwiderte ich. »Die nächste Werkstatt befindet sich in dreißig Meilen und ist inzwischen geschlossen. Es gibt in der Gegend auch keine Motels. Hierher verirrt sich normalerweise niemand, um die schöne Aussicht zu genießen.«

»Verstehe«, sagte er. »Wenn das für Sie in Ordnung ist …«

Ich griff in meine Tasche und zog mein Portemonnaie hervor. Mit dem Daumen klappte ich es auf und hielt es hoch. »Gibt dir das hier vielleicht ein besseres Gefühl?«

Ich gab ihm die Brieftasche, damit er sie näher studieren konnte. Seine Hände zitterten leicht, als er sie entgegennahm, aber ich gab vor, es nicht zu bemerken. Er hielt sie sich dicht vor die Augen und betrachtete die Marke. »Sie sind Polizist?«

»Eigentlich komme ich aus der Stadt und habe mir nur eine Auszeit genommen«, antwortete ich. »Hier draußen besuche ich meinen Vater und meinen Bruder.«

Er klappte die Brieftasche zu und ein Lächeln umspielte seine bezaubernden Lippen. »Dann habe ich ja Glück, dass Sie gerade zu Besuch sind«, sagte er.

»Genau wie ich.«

Als ich von der asphaltierten Straße auf den Feldweg bog, der zu dem einsamen beleuchteten Haus in der Ferne führte, hatte Jesse mir sein Leid über seinen Aushilfsjob in der Stadt geklagt, den er gerade verloren hatte. Dann machte er sich Sorgen, ob mit der Akustikgitarre, die er im Kofferraum seines Wagens eingeschlossen hatte, alles in Ordnung war. Er erzählte, dass er sie für das Vorspielen brauchen würde, zu dem er unterwegs gewesen war.

»Ein Vorspielen?«, hakte ich nach.

Als ich über unebenen Schotter und Steine fuhr, wurde der Wagen durchgeschüttelt.

»Für eine neue Band«, antwortete er. »Wahrscheinlich nehmen sie mich nicht, aber wenn ich es nicht versuche, werde ich es nie herausfinden.«

»Das stimmt.«

Wir näherten uns dem Haus. Die vorhanglosen Fenster, hinter denen Licht brannte, nahmen langsam Gestalt an.

»Sind Sie sicher, dass das okay ist?«, fragte er wieder. Seine Stimme war kaum mehr als ein Flüstern. »Ich will mich wirklich nicht aufdrängen.«

»Ich hätte dich nicht hergebracht, wenn es nicht okay wäre«, erwiderte ich. Ich tätschelte seine Hand, die in seinem Schoß lag. Er zuckte erschrocken zusammen, zog sie aber nicht weg. »Ich denke, ein wenig Gesellschaft wird meinem Bruder guttun.«

»Guttun? Ist er krank?«

»Nichts dergleichen.« Ich lächelte ihn ermutigend an. »Er hat seine Braut verloren.«

»Oh … Das tut mir leid.«

»Es ist schon zwei Jahre her und trotzdem ist er …« Ich beendete den Satz nicht und er hakte nicht nach.

»Und mein Vater ist auch einsam. Er wird sich freuen, ein neues Gesicht zu sehen.«

Er rutschte auf seinem Sitz herum, wodurch das Leder knirschte. Ich musste nicht hinsehen, um zu wissen, dass er nervös war.

»Keine Sorge«, versicherte ich und hielt neben dem Haus. Als ich den Motor ausschaltete, saßen wir für einen Moment schweigend in der Dunkelheit.

»Du vertraust doch einem Polizisten, oder nicht?«

Der Duft von Schmorfleisch wehte durch die Fliegengittertür, als wir auf die Veranda zugingen. Fast verzweifelt blickte er in die Dunkelheit, aus der wir gekommen waren, zurück.

»Wir sind etwa drei Meilen vom Highway entfernt«, erklärte ich und öffnete die Tür. Ich legte ihm eine Hand auf die Schulter und schob ihn sanft vorwärts. Zögerlich trat er ein.

Vielleicht lag es an dem grellen Halogenlicht in der Küche, dessen lange Leuchtstoffröhre – die gemusterte Plastikverkleidung existierte schon lange nicht mehr – ein kaltes weißes Licht verströmte, aber nun bemerkte ich Details an Jesse, die mir im schwindenden Tageslicht nicht aufgefallen waren. Er war jung, viel jünger, als ich gedacht hatte. Vielleicht Mitte zwanzig. Aber mit seinem jugendlichen Aussehen wirkte er eher wie ein Schüler. Er hatte schöne Augen. Grün mit goldenen Sprenkeln. Sein blondes Haar war lang, aber ordentlich geschnitten und frisiert. Es war passend für jemanden, der davon träumte, in einer Band zu spielen. Wenn er größer gewesen wäre, hätte er ein Model sein können.

»Wer ist da?«

Jesse wirbelte auf der Suche nach dem Sprecher herum. Vater kam aus dem Wohnzimmer hereingeschlurft. Seine Bewegungen waren langsam und seine Arthritis hatte seinen Rücken gebeugt. Jesse starrte ihn mit offenem Mund an, sagte aber kein Wort, bis Vater den Stuhl herauszog, der ihm am nächsten stand, und sich setzte.

»Na?«

Jesse blickte zu mir und dann zurück zu Vater. »Ich heiße Jesse«, sagte er und stellte sich gerade hin. »Mister …« Er wandte sich zu mir um und erkannte, dass er meinen Namen nicht wusste. Wahrscheinlich hatte er im Auto nur auf die Form der Marke geachtet.

»Sein Wagen ist liegen geblieben«, ergänzte ich, klopfte ihm auf die Schulter und bedeutete ihm, sich an den kleinen Tisch mit der aufgeplatzten Linoleumoberfläche zu setzen.

Jesse nahm auf einem der Stühle mit abgewetztem Stoffbezug und rostigem Metallgestell Platz. Er saß vornübergebeugt und knetete die Hände. Vater starrte ihn an, was ihm Angst einzujagen schien. Auch wenn er offensichtlich nicht auf ihn hörte, hatte der Junge einen guten Instinkt.

Ich beugte mich vor und flüsterte in sein Ohr: »Hast du Hunger? Das war ein anstrengender Tag.«

»I… Ich brauche nichts, danke …«

»Unsinn«, beharrte ich und ging zum Herd. Der graue Topf war halb voll. Ich schöpfte etwas Schmorfleisch in eine Schüssel, legte einen Löffel hinein und stellte ihn vor Jesse. Er zitterte leicht, während er auf das Essen starrte.

»Die anderen haben schon gegessen«, erklärte ich. Ich holte ihm ein Glas Wasser und stellte es neben seinen Teller.

»Ich bin … wirklich nicht hungrig«, beteuerte er leise. Er griff jedoch nach dem Glas und leerte es so zügig, als sei er am Verdursten. Seine Hand zitterte, als er es anschließend wieder abstellte.

»Kein Grund, schüchtern zu sein«, sagte ich und stellte mich hinter ihn. Er zuckte zusammen, als ich meine Hände auf seine

Schultern legte. »Wir sind doch eine Familie.« Er schwieg, doch ich spürte, wie seine Anspannung stieg. Ich massierte seine Schultern, doch sie blieben verkrampft.

»Ist er für Allen?«, fragte mein Vater.

Ich nickte.

»Hübsch wie ein Mädchen«, kommentierte Vater und zeigte mit seinem knochigen Finger auf Jesse. »Aber so dürr. Glaubst du, dass er hier draußen länger als 'ne Woche durchhält?«

Jesse atmete scharf ein. Er zitterte jetzt heftig und ich musste ihn festhalten, damit er nicht vom Stuhl fiel. »Er wird länger durchhalten«, versicherte ich. »Man muss sich nur gut um ihn kümmern.«

»Oh mein Gott ...«, hörte ich Jesse flüstern. »Oh mein Gott ...«

Ich küsste ihn auf den Scheitel. Sein Haar roch nach Lavendel.

»Sei brav und alles wird gut«, erklärte ich ihm.

»Ich ... will ...«, stotterte er. »Ich will ... Bitte ... Oh mein Gott ...«

Vater grinste zahnlos. Er hatte sein Gebiss herausgenommen. »Er ist sehr hübsch«, sagte er und lachte.

»Allerdings«, stimmte ich zu und tätschelte Jesses Schultern.

»Er klingt bestimmt fantastisch, wenn er schreit«, fügte Vater hinzu. Natürlich scherzte er mit seinem eingefallenen Grinsen.

Die Worte verunsicherten Jesse noch mehr. Heftig rutschte er hin und her und versuchte, sich aus meinem Griff zu befreien und vom Stuhl zu rutschen. Ich zog ihn hoch. Er trat aus. Dabei warf er den Stuhl um und schob den Tisch zurück. Die Schüssel mit dem unangetasteten Schmorfleisch wäre fast vom Tisch gefallen, blieb aber gerade so an der Kante stehen. Ich schlang einen Arm um seinen Hals und zog ihn an mich heran, bis ich ihm die Kehle zudrückte. Bei dem Versuch, sich zu befreien, kratzten seine Finger an meinem Arm. Er trat heftiger aus, doch als ich ihn hochhob, verlor er seinen Kampfgeist.

Ich stellte ihn wieder auf die Füße, doch seine Beine waren wackelig und schienen sein Gewicht nicht zu tragen. Ich schob ihn zum Küchentresen und drückte sein Gesicht auf die geflieste Oberfläche hinunter. Dann öffnete ich das Handschellenetui, das ich hinten an meiner Hüfte trug, und zog die Handschellen heraus. Er wehrte sich nicht, als ich seine Hände mit den Handflächen nach außen hinter seinem Rücken fesselte. Nachdem ich die Handschellen zweifach gesichert hatte, drehte ich ihn um. Sein Gesicht war gerötet und er schien unter Schock zu stehen.

»Ich will ihn mir ansehen«, sagte Vater.

»Wo ist Allen?«, fragte ich, irritiert darüber, dass ich ihn trotz des lauten Polterns des Stuhls und des Kampfes noch nicht die Treppe hatte herunterkommen hören.

»Er schläft«, erklärte Vater. »Um diese Zeit macht er immer ein Nickerchen.« Aus dem einfachen Grund, weil ich sonst gerade nichts zu sagen hatte, fluchte ich. »Ich will ihn sehen«, wiederholte Vater und winkte uns zu sich.

Vater schaut sich Dinge nie einfach nur an. Er muss sie anfassen und riechen und schmecken. In seinem Alter bezweifle ich, dass das irgendeine sexuelle Komponente hat. Er mag einfach weiche, junge Dinger. Vielleicht fühlen sie sich für seine alten Finger, die von einem Leben der Farmarbeit schwielig sind, anders an. Da ich es einfach nicht angebracht finde, habe ich ihn nie danach gefragt.

Halb zog, halb schob ich Jesse zu ihm hinüber. Der Junge wehrte sich wieder. Er stemmte seine Füße in den Boden und weigerte sich, auch nur einen Schritt nach vorn zu machen.

»Bitte … Ich will nach Hause …«

Er weinte, schüttelte den Kopf und stemmte sich gegen mich. Er weigerte sich, sich zu bewegen. Ich beruhigte ihn.

»Du bist zu Hause«, lachte Vater.

Ich hob ihn hoch – er war leichter, als er aussah – und setzte ihn auf Vaters Schoß.

»Wenn du versuchst aufzustehen oder Vater wütend machst«, warnte ich ihn, »wird Allen dich in die Scheune bringen und mit der Gerte auspeitschen.«

»Allen sorgt für Zucht und Ordnung in der Familie«, sagte Vater. »Und dabei ist er nicht mal der Bulle von den beiden. Ist das nicht lustig?«

Ich knöpfte Jesses Hemd für Vater auf, weil seine Finger inzwischen zu steif für solche feinmotorischen Arbeiten waren. Dann zog ich daran, bis es nur noch um seine Arme hing. An einer Kette um den Hals trug er ein silbernes Kreuz.

Ich hob es mit den Fingerspitzen an. Das Metall war warm.

»Ist das nur Deko?«, fragte ich und ließ es los. »Oder betest du gerade zu deinem Gott?«

Seine Augen waren vor Angst weit aufgerissen. Wie bei einer Porzellanpuppe, deren Augenlider aufgeklappt waren. Sein Atem ging stoßweise. Wahrscheinlich bemühte er sich, nicht zu schreien.

»Er riecht gut«, stellte Vater fest und drückte seine Nase in Jesses Oberkörper, bis seine Wange an seiner Brust ruhte. »Sehr gut.«

Ich stellte den Tisch wieder gerade hin und richtete den Stuhl auf, der umgestürzt war. Dann aß ich von dem Schmorfleisch, während ich Vater dabei beobachtete, wie er an Jesse schnüffelte und leckte und mit seinem zahnlosen Mund versuchte, in die Haut des Jungen zu beißen. Es hatte etwas Amüsantes an sich. Jesse fing an zu schluchzen. Manchmal gab er einen Ton von sich, doch meistens versuchte er, es zu unterdrücken.

Als ich gerade meine zweite Portion aufgegessen hatte, kam Allen die Treppe herunter. Seine schweren Schritte waren unverkennbar, obwohl er eigentlich gar nicht so kräftig war. Er war schlank, hatte aber von all der Farmarbeit breite Schultern und eine muskulöse Brust bekommen. Er war nicht gerade sehr attraktiv, eher ein wenig unscheinbar, und wenn er, wie meistens, unrasiert war, wirkte er sogar noch unscheinbarer. Seit ich ihn vor vier Monaten zuletzt gesehen hatte, waren seine Augen noch weiter eingesunken.

Er trat in die Küche. Von seinem Nickerchen war sein einfaches Baumwollhemd zerknittert. Auf seiner Jeans waren dunkle Flecken. Er betrachtete die Szene, die sich vor ihm abspielte, und nahm sich eine Flasche Whiskey aus dem Schrank über der Spüle.

»Ein Junge diesmal?«, stellte er beiläufig fest, während er den Deckel abschraubte und den Whiskey in einen leeren Pappbecher auf dem Tisch goss.

»Die Frauen halten nur wenige Tage durch«, erklärte ich. »Es wird mühsam, sie zu finden. Ein Junge schafft es vielleicht länger.«

Er zuckte mit den Schultern und leerte den halben Becher in einem schnellen Zug. Er stieß ein langes, zufriedenes Seufzen aus und schenkte sich nach.

»Manchmal glaub ich, dass diese …«, begann Allen und schwenkte den Becher durch die Luft, während er nach dem richtigen Wort suchte. Der Whiskey schwappte über den Rand und tropfte auf den Tisch. Er beachtete es nicht. »… Mitbringsel, die du hier und da aufsammelst, dir wichtiger sind als ich.«

»Ich will, dass du mir vergibst.«

Es war die übliche Unterhaltung, die wir immer führten, wenn ich ihm jemanden mitbrachte. »Ich sagte doch, dass ich das längst vergessen hab.«

»Aber du hast mir nie vergeben.«

Er sagte nichts mehr. Das tat er nie, wenn es um Vergebung ging. Er leerte den Becher in einem Zug und schaute dann zu Jesse.

»Pop mag ihn«, stellte er fest.

Allen ließ den Pappbecher auf dem Tisch stehen und ging auf Vater und Jesse zu.

»Ich denke, es ist Zeit, ins Bett zu gehen, Pop«, sagte Allen, nachdem er die beiden einen Moment lang beobachtet hatte.

Er hob Jesse von Vaters Schoß und setzte ihn auf den Boden. Dann schlang er einen Arm um Vaters Taille und half ihm auf. Vater blickte erst zu Jesse und dann zu mir, bevor er wortlos in sein Schlafzimmer schlurfte.

»Gefällt er dir?«, fragte ich.

Allen sah auf Jesse hinunter und zuckte mit den Schultern. »Er sieht nicht schlecht aus«, erwiderte er und ging in die Hocke. Als Allen die Hand ausstreckte, um eine Locke seines goldenen Haars zu berühren, zuckte Jesse zusammen. Seine Angst zu sehen zauberte ein Lächeln auf Allens Gesicht und er zwirbelte die Haarsträhne zwischen seinen Fingern.

»Er heißt Jesse«, erklärte ich. Allens Lächeln wurde breiter.

»Du wirst hier ein gutes Leben haben, Jesse«, versprach Allen. Seine Stimme war sanft, als würde er mit einem Hund sprechen. »Wäre das nicht schön? Nur du und ich?«

Es waren dieselben Worte, die er vor langer Zeit zu seiner ersten Frau gesagt hatte, als er sie Vater und mir vorgestellt hatte. Es waren dieselben Worte, die er zu jeder potenziellen Braut gesagt hatte, die ich ihm gebracht hatte, seit seine erste Frau nicht mehr da war. Es war eine seltsame Art von Test für ihn, wenn er sich selbst die Worte sagen hörte und die Reaktionen der anderen beobachtete.

»Warum?«, begann Jesse, doch was immer er hatte sagen wollen, war vergessen, als Allens Hand sein Kinn ergriff.

»Das hab ich nicht gefragt«, mahnte Allen.

Jesse wimmerte, als Allen den Druck auf seinen Kiefer verstärkte.

»Weißt du, wie man 'nen Mann verwöhnt?«, fragte er ihn in einem amüsierten Tonfall.

Als die Worte ihn verließen, versuchte Jesse, den Kopf zu schütteln.

»Eine Braut sollte ihre Pflichten kennen«, sagte Allen. Er fuhr Jesse mit den Fingern durch die Haare. »Mal sehen, wie viel du schon weißt.«

Allen stand auf und öffnete seine Jeans. Jesse wich zurück und versuchte, rückwärts von ihm wegzukriechen. Allen ließ ihn gewähren, bis Jesse mit dem Rücken an der Wand saß.

Ich zog die fast leere Whiskeyflasche zu mir und schüttete den Rest in denselben Pappbecher, aus dem Allen getrunken hatte. Während ich die beiden beobachtete, konnte ich mir ein Lächeln nicht verkneifen. Allens Grausamkeit hatte etwas Interessantes und fast schon Sinnliches an sich. Es war beeindruckend. Obwohl wir uns entzweit hatten, weil ich für den Verlust seiner ersten Frau verantwortlich war, hatte ich ihn immer bewundert. Ihn geliebt. Und wenn er sich für etwas interessierte, das ich ihm geschenkt hatte, fühlte ich mich auf unerklärliche Weise erfüllt und glücklich.

Allen trat näher, bis er Jesse an der Wand eingekesselt hatte. Er packte die Schultern des Jungen und drückte ihn hinunter, bis Jesse nichts anderes mehr sehen konnte als seinen offenen Hosenstall. Allens halb steifer Schwanz ragte aus dem Reißverschluss und dem Schlitz in seiner Unterwäsche hervor.

Er drückte auf die Gelenke von Jesses Kiefer, bis dieser den Mund öffnete. Als er ihn gerade weit genug geöffnet hatte, schob Allen seinen Schwanz hinein.

»Wenn du darüber nachdenkst zuzubeißen, dann lass es. Sonst werde ich dir so wehtun, dass du mich anflehen wirst, dich zu töten.«

Jesse kniff die Augen fest zusammen und öffnete seinen Mund ein wenig weiter. Als Allen seinen Schwanz tiefer hineinschob, gab er feuchte, kehlige Laute von sich.

»Fühlt sich genauso an, oder?«, fragte ich. »Ein Mund ist ein Mund.« Allen sah mich mit einem schiefen Grinsen an. Dann blickte er wieder auf Jesse und packte ihn an den Haaren.

»Keine Zähne«, warnte er, als er in einem langsamen Rhythmus in Jesses Mund stieß. Als Allen anfing zu stöhnen, wurde ich leicht erregt. Sein Gesicht war gerötet. Ich trank, um mich abzulenken. Nachdem ich den Becher geleert hatte, ging ich zum Schrank und zog die erstbeste Flasche heraus, die mir in die Finger fiel. Es war billiger Wein aus dem Supermarkt. Ich lehnte mich gegen die Spüle und trank aus der Flasche, während ich zusah, wie Allen jetzt in einem schnelleren Tempo in Jesses Mund stieß. Das Würgen aus seiner Kehle wurde lauter. Speichel tropfte aus den gedehnten Mundwinkeln.

»Gleich«, keuchte Allen. »Schluck alles runter.«

Durch Allens Schwanz, der tief in seinem Rachen steckte, hatte Jesse Schwierigkeiten zu atmen. Seine Wangen hatten eine dunkle Farbe angenommen und der Rest seines Körpers wand sich. Er versuchte immer noch, sich loszureißen. Allen kam mit einem Schrei. Endlich war Jesse frei und sackte zur Seite. Er hustete heftig.

»Guter Junge«, sagte Allen und machte seine Hose wieder zu. »Solange du deinen Ehemann machen lässt, was er will, ist das gut genug. Auch wenn du keine Ahnung hast, wie es funktioniert.«

Ich trank noch einen Schluck von dem Wein, der eher wie ein Fruchtdrink schmeckte, ging zu Allen und klopfte ihm auf die Schulter.

»Ich denke, du solltest auch ins Bett gehen«, meinte ich zu ihm. Ich beugte mich vor und gab ihm einen flüchtigen Kuss auf die Wange. »Morgen ist ein wichtiger Tag.«

Allen nickte. Seine Augen ruhten noch immer auf Jesse.

»Gute Nacht«, sagte er schließlich und ging die Treppe hinauf, ohne sich noch einmal umzusehen.

Jesse rollte sich zusammen und fing an zu weinen. In seinen Mundwinkeln klebten Speichel und Sperma.

»Ich verspreche ... ich werde nichts verraten ... Lassen Sie mich einfach ... gehen ...«

»Ich wünschte, es wäre so einfach«, erwiderte ich. Ich strich ihm eine feuchte Locke aus dem Gesicht und leckte an seinem Mundwinkel. Ich konnte sie beide schmecken.

»Schlaf dich gut aus«, sagte ich. »Morgen wird ein langer Tag.«

Er war still und gefügig, während wir duschten. Er hatte aufge-hört, mich anzuflehen, ihn gehen zu lassen. Den Rest der Nacht sprach er kein Wort mehr.

Über Nacht kettete ich ihn an mich. Er hatte keine andere Wahl, als sich an mich zu kuscheln, während wir schliefen. Es war kalt im Keller. Ich hatte ihm seine Kleider nicht zurückgege-ben. Wir teilten uns eine Decke und doch zitterte er fast die ganze Nacht. Ich wusste, dass er nicht viel schlief, wenn überhaupt. Ich hingegen schlief sehr gut.

Am nächsten Morgen klopfte Vater an meine Tür, um uns zu wecken. Durch das kleine Plexiglasfenster oben an der Wand fiel helles Sonnenlicht herein.

»Heute ist der große Tag«, verkündete Vater. Er trug eine große weiße Schachtel mit sich und legte sie auf einen Holzstuhl neben der Tür. »Allen ist so aufgeregt, dass er die ganze Nacht kein Auge zugetan hat.«

»Das dachte ich mir«, erwiderte ich.

Als Vater näher kam, verkroch Jesse sich an meiner Seite, aber dann drehte Vater sich einfach um, ging und schloss die Tür hin-ter sich. Ich löste die Handschellen erst von meinem und dann von Jesses Handgelenk. Er setzte sich auf und rieb sein nun freies Handgelenk.

»Willst du mir keinen Guten-Morgen-Kuss geben?«, fragte ich.

Er sah mich verwirrt an, bis ich ihn zu mir heranzog und ihn auf den Mund küsste. Er erwiderte den Kuss nicht. Aber das hatte ich auch nicht erwartet. Dann zog ich ihn nach unten. Für einen Moment wehrte er sich, also schlug ich ihm auf den Oberschenkel. Der scharfe Ton hallte laut durch den kleinen Raum. Er schrie auf, vermutlich eher vor Schreck als vor Schmerz über den roten Handabdruck, den ich auf seiner blassen Haut hinterlassen hatte.

»Ich würde dir trotzdem wehtun, auch wenn heute dein Hochzeitstag ist«, drohte ich.

Er nickte und seine Augen wurden feucht. Es flossen aber noch keine Tränen. Er beugte sich vor und berührte zaghaft meinen schlaffen Schwanz, als wüsste er nicht, was er tun sollte.

»Erst lecken«, erklärte ich.

Seine Zungenspitze erschien und berührte den Kopf, dann glitt sie über den Spalt. Ihn nur zu beobachten erregte mich schon. Es brauchte nicht viel, damit ich hart wurde. Er war nicht gerade gut im Blasen, aber auch nicht total furchtbar. Ich drehte ihn so um, dass sein Arsch in die Luft gereckt und mir zugewandt war. Auch wenn es ihm nicht gefiel, war er war klug genug, sich nicht zu wehren. Als ich mit dem Finger gegen sein Arschloch drückte, bäumte er sich auf.

»Nicht«, flehte er und drehte den Kopf zu mir. »Bitte … nicht … Sie können in meinem Mund kommen.«

»Bist du hier etwa noch Jungfrau, Jesse?«, fragte ich und rieb mit der Fingerspitze über das vorgewölbte Loch.

»J… Ja.«

»Das freut mich«, sagte ich. »Allens Braut war keine mehr.«

Ich drehte ihn wieder um und deutete mit dem Kopf auf meine unbeachtete Erektion. Er schlang seine Hand darum und pumpte, während er meine Eier leckte.

»Sie hat mich verführt«, erzählte ich und fuhr ihm langsam mit den Fingern durchs Haar. »In ihrem wunderschönen Brautkleid kam sie zu mir und sagte, dass sie immer nur mich geliebt hätte.« Ich seufzte. Die Erinnerung an diesen Tag machte mich immer traurig. »Das erzählte sie mir, obwohl sie wusste, dass sie in ein paar Stunden meinen Bruder heiraten würde.«

Jesse sah mich an. Für einen Augenblick trafen sich unsere Blicke. Er weinte nicht mehr, aber er war noch immer verängstigt, während er mit seiner Zunge über die Länge meines Schwanzes fuhr.

»Dann … hat sie mich verführt. Ich war jung und schwach«, erklärte ich. »Und ich erinnere mich noch, wie das Blut an ihrem Bein hinablief, als ich ihr die Jungfräulichkeit nahm. Dieser Moment hätte Allen gehören sollen.« Ich schüttelte den Kopf. »Selbst als der Priester sie zu Mann und Frau erklärte, sagte ich kein Wort zu ihm. Doch in dieser Nacht tat ich es. Ich konnte nicht mit der Schuld leben.«

Er bearbeitete meinen Schwanz jetzt härter und schneller. Seine Augen flehten mich an, endlich zu kommen. Und das tat ich. Das perlmutterne Sperma spritzte auf sein Kinn und seine Wange und floss dann über seine Faust. Er pumpte weiter, auch nachdem ich mich erschöpft hatte. Ohne dass ich ihn dazu auffordern musste, leckte er seine Hand sauber.

»Sie … werden mich nicht vergewaltigen? Ich habe getan, was Sie wollten«, flüsterte er.

Mit dem Zeigefinger sammelte ich das Sperma, das nicht von seiner Wange getropft war, und rieb es auf seine Unterlippe. Er öffnete den Mund und ließ sich damit füttern.

»Nein, natürlich nicht. Hast du denn nicht zugehört?«

»Sie haben Ihrem Bruder erzählt, dass …« Er brach ab. Wahrscheinlich wollte er nicht riskieren, mich zu verärgern.

»Deswegen schulde ich ihm etwas, verstehst du?«, sagte ich und kletterte aus dem Bett. Ich packte sein Handgelenk und zog ihn hinter mir her ins Badezimmer. Ich ließ ihn sein Gesicht waschen und seinen Mund ausspülen.

»Meinetwegen hat er seine Braut verloren.«

Mit einem Handtuch tupfte er sein Gesicht trocken. Als er fertig war, zog ich ihn zurück ins Schlafzimmer. Wie befohlen setzte er sich aufs Bett und wartete, während ich den Inhalt der großen weißen Schachtel, die Vater heruntergebracht hatte, auspackte.

»Er war am Boden zerstört. Danach war er nie wieder derselbe.«

Jesses Augen wurden groß, als ich das lange weiße Hochzeitskleid ausschüttelte. Es war nicht besonders aufwendig verarbeitet, aber es war elegant. Die Kunstseide war in der Schachtel zerknittert. Der Batist war etwas vergilbt, aber in gutem Zustand. Mir fiel auf, dass ein paar der Kunstperlen, mit denen das Mieder bestickt war, fehlten.

»Ich wünschte, sie hatten es sorgfältiger aufbewahrt«, kommentierte ich und legte das Kleid über die Stuhllehne. »Aber ich schätze, niemand hat erwartet, dass es so schnell wieder aus der Schachtel kommen würde.«

»So schnell?«, flüsterte er.

»Ich habe schon ein paar Mal versucht, eine neue Braut für ihn zu finden«, erklärte ich und holte das weiße Seidenhöschen unten aus der Kiste, »aber es hat bisher nie funktioniert. Nach der Hochzeit hat er keine länger als drei oder vier Tage behalten.«

Ich reichte ihm das Höschen. Als er es entgegennahm und anzog, begann er erneut zu zittern.

»Sind sie … tot?«, flüsterte er.

Ich zuckte mit den Schultern. »Ich kümmere mich nicht darum, was er mit ihnen macht, nachdem ich sie ihm geschenkt habe.«

»Was ist … mit seiner ersten Frau … passiert?«

Ich legte den Kopf schief und lächelte. »Was denkst du denn?«, fragte ich und zog als Nächstes das Strumpfband aus Spitze heraus. Ich ging zu ihm hinüber, kniete mich hin und hob sein linkes Bein am Knöchel an. Er fiel auf den Rücken. Ich streifte ihm das Band über und zog es bis zur Mitte des Oberschenkels hoch.

»Die Strumpfhose lassen wir weg«, sagte ich und küsste das Strumpfband. »Du hast so schöne Beine. Da wäre es doch eine Schande, sie zu verstecken.«

Ich ließ sein Bein los und erhob mich. Jesse setzte sich auf. »Ist sie … tot?«

»Bis dass der Tod uns scheidet«, erwiderte ich und hob das Hochzeitskleid auf. Ich schüttelte es aus, um den zerknautschten Stoff zu glätten.

Er schüttelte den Kopf.

»Sie … sind genauso dafür verantwortlich.«

Ich lachte. »Ich war nicht derjenige, der das Eheversprechen gebrochen hat, Süßer. Das war sie.«

»Es ist nicht fair, dass sie tot ist … Ermordet, wenn Sie eine Mitschuld dafür tragen.«

Er war wütend. Es war faszinierend zu beobachten, wie seine Wangen sich röteten und seine Hände sich zu Fäusten ballten. In seinen Augen standen immer noch Tränen, aber er weinte nicht mehr. Er klang aufgebracht.

»Ich habe nie gesagt, dass ich mich nicht schuldig fühle«, erwiderte ich und trat näher. Der Stoff des Kleides raschelte. »Deswegen komme ich her und bringe ihm neue Bräute mit. Wenn er endlich eine Braut akzeptiert, die ich für ihn ausgewählt habe, wird mir vergeben werden.«

»Sie sind wahnsinnig«, sagte er. »Sie sind alle irre.«

»Und jetzt gehörst du zur Familie«, erwiderte ich und hielt ihm das Kleid hin. »Steh auf.«

Während ich ihm das Kleid überzog, ballte er immer wieder die Fäuste und blickte stur an mir vorbei. Ich wusste sofort, dass er darüber nachdachte, durch die Tür abzuhauen. Er startete einen Versuch, aber er hatte nur wenig Raum, um an mir vorbei zur Tür zu kommen. Ich packte ihn am Handgelenk und warf ihn aufs Bett.

Er wehrte sich jetzt heftiger. Während er versuchte, mich abzuwerfen, verfluchte er mich, trat und schlug nach mir. Zweimal konnte ich mich nur mit Mühe davon abhalten, ihm ins Gesicht zu schlagen. Die Hand hatte ich dabei jedes Mal bereits erhoben. Aber ich wusste, dass Allen verstimmt sein würde, wenn seine neue Braut eine geschwollene Wange oder ein Veilchen hätte.

Ich schnappte mir meine Krawatte, die über einem der Bettpfosten hing, und band seine Handgelenke zusammen. Dann fesselte ich ihn an den mittleren Pfosten. Das Bett war alt, aber stabil.
Es hatte solide Bettpfosten aus Eiche. Er zog an seinen Fesseln und
versuchte, sich umzudrehen. Ich benutzte die helle, unbenutzte
Strumpfhose aus der Schachtel, um seine Knöchel an zwei der
Bettpfosten zu fesseln. Seine Arme und Beine waren ausgestreckt,
sein Gesicht abgewandt und halb im Kissen vergraben.

»Du ruinierst einen sehr schönen Tag«, mahnte ich. »Du sollst
deinem Mann gehorchen. Das solltest du nicht vergessen. Allen
nimmt den Treueschwur sehr ernst.«

»Sie sind Polizist! Sie sollten das nicht tun!«

»Nein, das sollte ich nicht«, entgegnete ich. »Aber ich tue es
trotzdem.«

Er fluchte wieder. Die dreckigen Worte klangen aus seinem
Mund noch viel schlimmer. Ich hob die Hose, die ich gestern getragen hatte, auf und zog den Gürtel aus den Schlaufen. Das Klir-
ren der Schnalle brachte ihn zum Schweigen und er drehte den
Kopf. Sein Ärger war verflogen und er wirkte wieder verängstigt.

»Du wirst Allen sehr glücklich machen«, sagte ich und wickelte
den Gürtel einmal um meine Faust, »auch wenn du es für den
Rest deines Lebens nicht sein wirst.«

Ohne Vorwarnung ließ ich den Lederriemen fest auf ihn herab-
sausen. Er schrie ins Kissen. Noch einmal schlug ich zu. Dieses

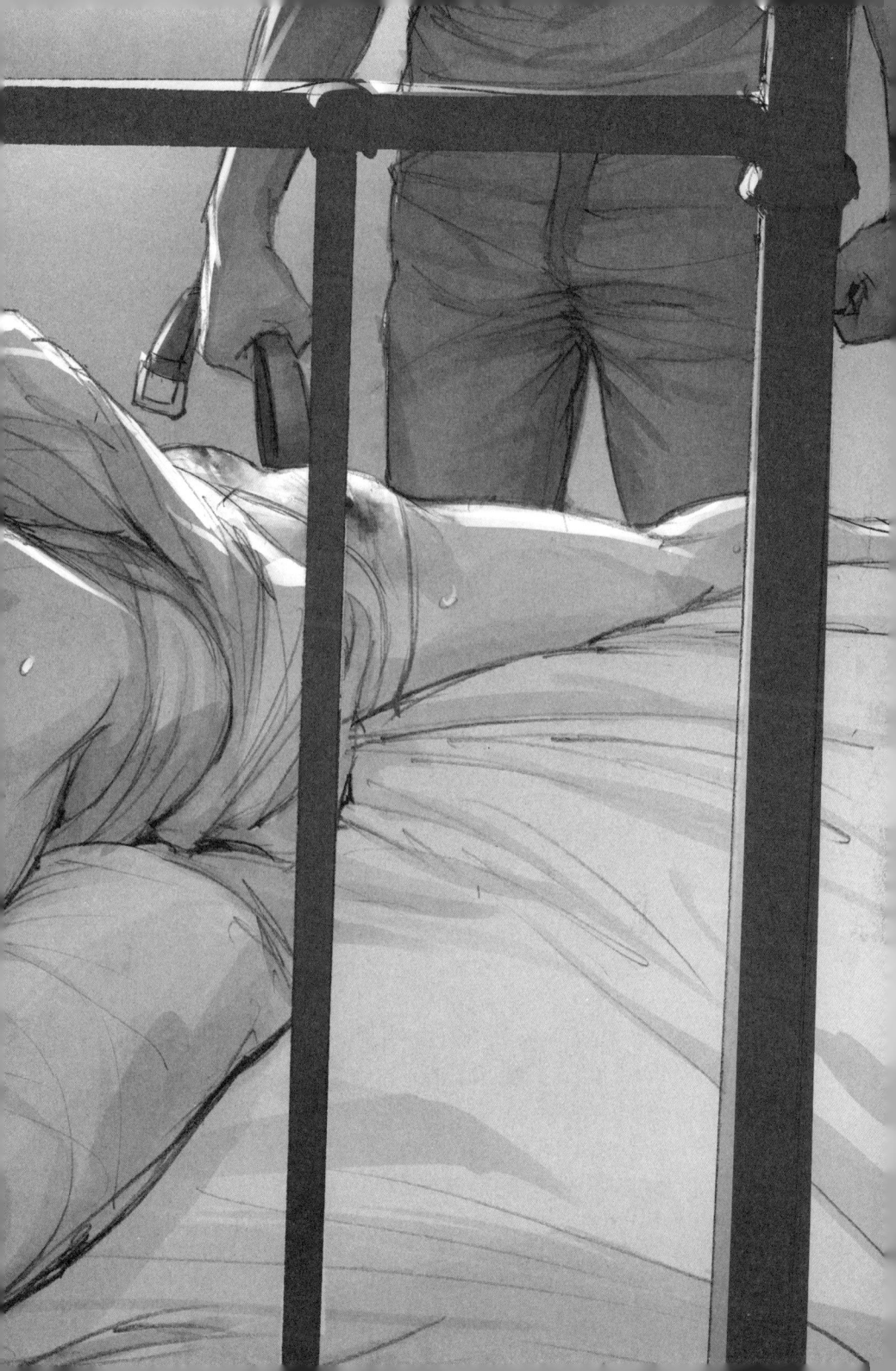

Mal bäumte sich sein Körper auf und er zerrte an seinen Fesseln. Ich peitschte auf seinen Hintern ein, bis sich auf der weichen Seide des Höschens feine rote Linien abzeichneten. Ich zählte die Hiebe nicht, aber als ich schließlich aufhörte, lag er ganz still da. Das einzige Anzeichen, dass er bei Bewusstsein war, war das leise Wimmern tief in seiner Kehle.

»Wirst du dich jetzt benehmen?«

Er bewegte sich nicht. Mit meinem Taschenmesser durchtrennte ich seine Handfesseln. Durch sein Zerren hatte sich der Knoten zugezogen, sodass das Blut in seinen Händen nicht richtig hatte fließen können und sie sich dunkelrot verfärbt hatten. Ich durchtrennte die Strumpfhose, um seine Knöchel zu befreien, und drehte ihn um.

»Wirst du brav sein?«

Er nickte kaum merklich. Unablässig liefen Tränen über seine Wangen.

»Das hier ist jetzt deine Realität«, erklärte ich und zog ihn auf die Füße. »Du musst damit leben.«

Während ich ihn fertig anzog, sagte und tat er nichts. Das Kleid war etwas zu groß für ihn, also steckte ich es Stück für Stück mit Sicherheitsnadeln ab, so gut ich konnte. Als ich mit dem Abstecken am Rücken fertig war und ihn herumdrehte, um meine Arbeit zu begutachten, sah er aus wie eine verwirrte Porzellanpuppe.

»Solange du nichts Dummes machst, wirst du leben. Mehr kannst du nicht erwarten.« Dann küsste ich die Braut auf die Stirn.

Die Hochzeit war einfach. Unter einer großen Eiche las Vater das Treuegelübde vor. Da ihm die Satinpumps nicht passten, war Jesse barfuß. Auch das Kleid war so lang, dass es im Dreck schleifte. Er starrte in die Ferne, als würde er am Horizont nach etwas suchen, das nicht da war. Er nickte nur benommen, wenn eine Frage an ihn gerichtet wurde. Seine Augen waren glasig und es flossen keine Tränen mehr. Seine Wangen waren dreckig. Allen war der Smoking, den er schon vor Jahren getragen hatte, inzwischen eine Nummer zu klein, der Trauring wiederum zu groß für Jesse. Allen steckte ihn zurück in seine Tasche und versprach ihm, den Ring ändern zu lassen.

Dann war es vorbei. Allen hatte eine neue Braut.

»Ich werde früh aufbrechen«, sagte ich am nächsten Morgen zu Vater und Allen. Sie tranken selbstgebrannten Whiskey aus gelben Plastikbechern. Auf dem Tisch stand ein halb gegessenes Hähnchen, das Allen gestern Abend gekocht hatte. Beide zupften mit den Fingern daran.

»Das musst du nicht«, erwiderte Allen, während er Fleisch von dem Hähnchen pulte und sich in den Mund schob. Dann spülte er alles mit einem Schluck Whiskey hinunter.

»Warum sagst du es ihm nicht, Allen?«, drängte Vater und schenkte mir einen Becher Whiskey ein.

»Mir was sagen?«, fragte ich und schüttelte den Kopf, als Vater mir den Becher zuschob.

»Ich vergebe dir«, sagte Allen schließlich. Ein aufrichtiges Lächeln umspielte seine dünnen Lippen. »Ernsthaft.«

Ich klopfte ihm auf die Schulter und nickte. »Kann ich ihn noch mal sehen, bevor ich fahre?«

Allen zuckte mit den Schultern und goss sich Whiskey nach.

Ich ging die Treppe hinauf und achtete sorgsam darauf, auf den knarrenden Stufen nicht zu viel Lärm zu machen. Es kam nur selten vor, dass ich nach oben ging. Vater schlief im Hinterzimmer im Erdgeschoss und ich hatte schon als Kind im Keller gelebt. Und jetzt wusste ich auch wieder, warum ich nicht gerne oben war. Es war heiß. Unglaublich heiß. Als ich am oberen Treppenabsatz ankam, war die Luftfeuchtigkeit erdrückend. Die Gerüche, die in meine Nase stiegen, kannte ich auch von meiner Arbeit.

Mit den Fingern strich ich über die Wände, deren Farbe abblätterte. In den Ecken hatte sich Schimmel gebildet. Ich ging den Flur entlang auf Allens Zimmer zu. Mein Finger hinterließ eine Spur an der Wand. Die Tür zu seinem Zimmer war nur angelehnt. Mit der Schuhspitze stieß ich sie auf.

Jesse starrte die Decke an. Der Deckenventilator mit seinen hölzernen Blättern drehte sich nicht, aber er fixierte ihn mit seinem Blick, als würde er sich wünschen, dass er es tat. Das sanfte Heben und Senken seiner Brust verriet mir, dass er noch am Leben war.

Er trug noch immer das Brautkleid, auch wenn es sich gelöst hatte und sich nun um ihn herum ausbreitete. Der Rock war hochgeschoben und um seine Hüften herum aufgebauscht. Da war Blut, nicht viel, aber genug, um einem beim Anblick seiner blassen Oberschenkel und des weißen Stoffs einen Schauer über den Rücken zu jagen.

Ich setzte mich neben ihm aufs Bett. Obwohl die Matratze unter meinem Gewicht einsackte, sah er mich nicht an. »Ich komme, um mich zu verabschieden«, sagte ich, zog den Rock des Kleides herunter und strich den Stoff glatt. Einige Blutflecke waren noch feucht und klebrig, als ich darüberfuhr.

»Er hat mir vergeben«, erzählte ich weiter und griff nach dem Taschenmesser, das ich in meiner Jackentasche aufbewahrte. Ich zog es aus seinem Lederetui und klappte es auf. »Ich dachte, dass es das wäre, was ich wollte …«

In seinen Augen blitzte ein Lebensfunke auf, als ich das Messer vor seine Augen hielt.

»Aber wenn er glücklich ist«, sagte ich, »wird er mich wohl nicht mehr brauchen.«

Er schwieg. Seine Pupillen waren geweitet und er starrte mich an wie eine kaputte Porzellanpuppe.

»Aber ich sollte dir danken«, fuhr ich fort und küsste ihn auf die Stirn. »So glücklich wie mit dir habe ich Allen seit Jahren nicht gesehen.«

Ich klappte das Messer wieder zusammen und drückte es ihm in die Hand. Sie schloss sich nicht darum. Ich hörte, wie er scharf einatmete.

»Deshalb schenke ich dir einen Ausweg aus diesem neuen Leben.« Ich beugte mich vor und küsste ihn noch einmal. Dieses Mal auf den Mund. »Auf Wiedersehen, Jesse. Du warst eine wunderschöne Braut.«

Epilog

Der Anruf kam nur zwei Tage später. Ich war auf Patrouille, als er anrief. Er schluchzte. Während ich an einer Ampel stand, wartete ich geduldig darauf, dass er sprach. Schließlich nahm Vater ihm das Telefon ab und sagte, ich solle so schnell wie möglich nach Hause kommen. Ich versicherte ihm, dass ich gleich nach der Arbeit losfahren würde.

Ich wusste es. Während ich – immer noch in meiner Uniform – auf das Haus zuraste, malte ich mir verschiedene Szenarien aus. Als ich ankam, war es nach zehn, aber ich konnte das Haus, in dessen Küche Licht brannte, schon von Weitem erkennen. Mein Magen verkrampfte sich. Als ich auf das Haus zufuhr, war ich fast ein bisschen aufgeregt.

Vater saß in der Küche vor dem altmodischen Radio und hörte sich eine Talkshow an. Als ich eintrat, blickte er auf und nickte nur.

»Geh nach oben«, sagte er, bevor er sich wieder dem Radio zuwandte.

Das tat ich. In der kühleren Nachtluft war es auch im ersten Stock erträglicher. Doch je näher ich kam, desto stärker wurde der vertraute Geruch des Todes. Als ich Allens Schlafzimmer erreicht hatte, atmete ich tief durch. Die Tür war angelehnt und im Zimmer brannte Licht. Ich schob die Tür auf und trat ein.

Allen war oben ohne. Seine Jeans hing lose um seine Hüften. Er saß auf seinem Bett und hatte die Knie an die Brust gezogen. Er hatte dunkle Ringe unter den Augen. Auf seinen Wangen schimmerten Spuren getrockneter Tränen. Ich ging an ihm vorbei zum angrenzenden Badezimmer und schob die Tür auf.

Jesse lag in der halb gefüllten Badewanne. Das Wasser hatte eine rötliche Färbung. Er war nackt. Die Leichenstarre hatte bereits eingesetzt. An diesem Morgen hatte er sich das Leben genommen. Ich ging auf ihn zu und setzte mich auf den Rand der Wanne, um ihn mir genauer anzusehen.

Er hatte seinen linken Arm von der Armbeuge bis zum Handballen entlang der Arterie aufgeschnitten. Dasselbe hatte er auch am rechten Arm versucht, aber die Schnitte waren oberflächlich und ungleichmäßig. In der Nähe des Abflusses entdeckte ich mein Taschenmesser.

Ich zog den Stöpsel und ließ das Wasser ab. Dann warf ich ein Handtuch über seinen Oberkörper, einfach nur, weil ich seinen Anblick nicht ertragen konnte.

Auch als ich aus dem Badezimmer trat, hatte Allen sich nicht bewegt. Bis ich auf ihn zuging und vor seinem Bett stehen blieb, schien er mich nicht einmal zu bemerken.

»Allen?«, sagte ich, als er endlich aufblickte. Mit meinen Fingern fuhr ich durch sein ungekämmtes Haar und er brach wieder in Tränen aus. Dann beugte er sich vor und schlang seine Arme um meine Taille.

Er weinte und vergrub sein Gesicht in meinem Bauch.

»Ich versteh nicht, warum«, schluchzte er. »Ich hab ihn doch gut behandelt ...«

Seine warmen Tränen durchweichten mein Hemd. Ich spürte die Wärme auf meiner Haut und ein beginnendes Glühen auf meinem Gesicht, während ich weiter sein Haar streichelte und versuchte, das köstliche Gefühl zu verdrängen, das sich in meinen Eingeweiden regte und sich ausbreitete. Dieses überwältigende Gefühl, dass Allen mich brauchte. Ich biss mir selbst auf die Unterlippe, um mich von meinen Gedanken abzulenken.

Sanft hielt ich ihn im Arm und wiegte ihn. »Es wird andere geben«, versicherte ich ihm. »Ich werde schon bald eine andere Braut für dich finden.«

Er schwieg. Aber kurz darauf löste er seine Arme von mir und ließ sie an seinen Seiten herabfallen.

»Es tut mir leid«, sagte er. Dann wischte er sich mit dem Handrücken über die Augen. »Du hättest deswegen nicht extra herkommen müssen.«

Ich beugte mich hinunter und küsste ihn auf den Scheitel.

»Ich will für dich da sein, wenn du mich brauchst«, erklärte ich. »Soll ich über Nacht bleiben?«

Er zögerte, nickte dann aber schwach.

»Ich glaube, die Dinge haben sich ein wenig geändert«, sagte ich, während ich meine Schuhe auszog und zu ihm ins Bett stieg. »Wenn ich früher nachts Angst hatte, hast du mich immer im Arm gehalten, bis ich eingeschlafen war.«

Das schien ihn zu verwirren.

»Jetzt lass mich dich trösten«, fuhr ich fort und zog ihn zu mir heran, bis er halb auf mir lag. Es dürfte nicht allzu bequem für ihn gewesen sein. Seine Brust und sein Gesicht waren gegen mein gestärktes Hemd gepresst. Aber er blieb liegen. Ich schlang einen seiner Arme um meine Hüfte und hielt ihn in einer lockeren Umarmung.

»Schlaf«, sagte ich. »Alles andere klären wir morgen früh.« Er gab ein Geräusch von sich, das vielleicht eine Antwort sein sollte.

»Ich liebe dich«, sagte ich und küsste ihn auf die Stirn. Er antwortete nicht. Aber der Arm, der um meine Hüfte geschlungen war, drückte fester zu.

Das war die einzige Antwort, die ich brauchte.

The Human Stain

Prolog

In jener Nacht machte ich kein Auge zu. Ich lag wach, während ich ihn in meinen Armen hielt und seinen gleichmäßigen und tiefen Atemzügen im Schlaf lauschte. Irgendwann hörte ich, wie Vater die Küche verließ und gegen die Möbel stieß, als er sich in sein eigenes Zimmer zurückzog. Es musste nach zehn sein.

Allens Arm, der um meine Taille geschlungen gewesen war, hatte sich gelöst. Während ich ihn so hielt, musste ich wieder an jene erste Hochzeitsnacht vor vielen Jahren denken. Wie verzweifelt er ausgesehen hatte, als die Wut sein einst glückliches Gesicht verzerrt hatte. Wie enttäuscht er ausgesehen hatte. Ich hatte ihm die Wahrheit gebeichtet und dann einfach nur dagestanden und zugehört, während er mir Flüche an den Kopf geworfen hatte. Ich war am Boden zerstört gewesen. Mir war nicht bewusst gewesen, wie schmerzhaft sein Leiden sein würde. Und nun sah ich es wieder, während er in meinen Armen lag. Aber ich konnte es nicht ändern. Ich konnte nicht ändern, dass ich es brauchte, dass er mich brauchte, und dass ich alles hasste, was er liebte. Selbst wenn diese Liebe nur vorübergehend war. Wie Jesse. Ich war immer noch eifersüchtig auf den Jungen, obwohl er längst tot war – seine Leiche verweste nur ein paar Meter entfernt in der Badewanne hinter der verschlossenen Tür.

Ich streichelte Allens Haar und küsste ihn auf den Scheitel. Er rührte sich nicht, sondern schlief tief und fest.

Mit der Hand fuhr ich über die ganze Länge seines nackten Arms. Als ich seine Hand erreicht hatte, verschränkte ich meine Finger mit seinen und drückte sie sanft.

»Wenn du die ganze Wahrheit kennen würdest«, sagte ich, »würdest du mich wahrscheinlich hassen.«

Ich ließ seine Hand los und streichelte weiter seine Seite. Selbst durch den Jeansstoff konnte ich die Kraft spüren, die seine festen Beinmuskeln ausstrahlten. Es wühlte mich innerlich auf, ihn auf diese Weise zu berühren. Ich wusste, ich hätte ihn loslassen und vielleicht sogar aus dem Zimmer gehen sollen, aber ich konnte nicht. Ich zog ihn fester an mich, bis ich meine wachsende Erektion gegen seinen nackten Bauch drücken konnte.

Ich musste die Luft anhalten, damit meine schnelle Atmung ihn nicht aufweckte. Das Gefühl war berauschend – es wirbelte durch meinen Kopf, breitete sich in meiner Brust aus und explodierte dann in meinem Bauch. Plötzlich war ich äußerst erregt. Ich fühlte mich wie ein Dämon, der von seiner eigenen Gier verschlungen wurde.

Allen rührte sich, wachte aber nicht auf. Er stieß nur ein Seufzen aus, als ich mit der Hand über seinen Schritt fuhr. Ich folgte dem Hosenstall bis zum Ende des Reißverschlusses. Ich hatte Allen oft nackt gesehen, aber bisher hatte ich noch nie den Impuls verspürt, ihn berühren zu wollen. Ein Anflug von Schuldgefühlen überkam mich. Mir war klar, dass ich meinen Bruder nicht auf diese Weise begehren sollte, und dennoch tat ich es. Die Neugier, es nur mal auszuprobieren, war stärker.

Zunächst öffnete ich den Hosenknopf und zog dann den Reißverschluss herunter. Ich tat es ganz langsam und vorsichtig und kostete den Moment voll aus. Als ich den Reißverschluss herunterzog, strichen meine Finger über seinen schlaffen Schwanz in den Boxershorts. Nur noch die dünne Stoffschicht trennte uns. Wieder und wieder streichelte ich ihn mit der Fingerspitze, bis ich spüren konnte, wie sein Körper reagierte. Die Laute, die aus seiner Kehle drangen, wurden jetzt lauter, doch er wachte immer noch nicht auf. Kurz fragte ich mich, ob er träumte, dass jemand anders ihn verführen wollte.

Ich zog seinen Schwanz durch den Schlitz seiner Boxershorts, doch da er die Jeans noch anhatte, konnte ich meine Hand nur um die ersten fünf Zentimeter schließen. Mit drei Fingern hielt ich die dicke Spitze mit und malte mit dem Daumen kleine Kreise an der Unterseite. Meine eigene Erektion drückte fast schon schmerzhaft gegen meine Hose, so eingeengt war sie. Es war ein guter Schmerz, auch wenn ich mir lieber vorstellte, wie fantastisch es sich anfühlen müsste, in Allens Mund zu sein.

Mit einem Stöhnen schreckte er auf. Ich hielt ihn fest und gestattete ihm nicht, sich von mir wegzurollen.

»Ich werde dafür sorgen, dass du dich gut fühlst«, sagte ich. Die Art, wie ich es sagte, klang dumm, aber ich konnte weder meine eigene wachsende Erregung noch meine angestrengte Atmung kontrollieren. Seitdem er erwacht war, bearbeitete ich seinen halb steifen Schwanz noch härter.

»Nicht ...«, begann er. Ich rollte mich auf ihn und begrub ihn mit meinem Gewicht.

»Das hat keine tiefere Bedeutung«, versicherte ich ihm. Ich musste wie eine Art Monster auf ihn gewirkt haben. Auf seinem Gesicht lag ein verängstigter Ausdruck, den ich noch nie an ihm gesehen hatte. »Du trauerst über einen Verlust. Ich bin hier, um die Leere zu füllen. Und wenn es auch nur für ein paar Augenblicke ist.«

Ich beugte mich herunter und küsste ihn. Mein Mund drängte gegen seinen, bis meine Zunge seine berührte. Er erwiderte den Kuss nicht, wich aber auch nicht zurück. Ich kostete es voll aus und verschlang ihn mit zurückhaltender Intensität, während ich meine Erektion an seiner rieb. Als ich schließlich zu energisch wurde, protestierte Allen und entzog sich meinen Lippen.

»Deine Hose …«, begann er, vollendete den Satz jedoch nicht.

»Hol ihn raus«, forderte ich.

Er bewegte sich nicht.

»Ich will dich nicht ficken«, sagte ich. »Es hat sich nur so viel angestaut …«

Ein paar Augenblicke vergingen, bevor er mit zitternden Händen nach meinem Gürtel griff und diesen sowie den Knopf und Reißverschluss meiner Hose öffnete. Er brauchte einen Moment, weil seine Finger zitterten, aber ich wartete geduldig. Fast wäre ich gekommen, als seine schwieligen Finger meinen Schwanz berührten und ihn befreiten. Sofort sprang er hervor. An der Spitze hatten sich bereits Lusttropfen gebildet.

»Wir sollten das nicht …«, wollte Allen sagen, doch ich setzte mich auf und schüttelte den Kopf.

»Schht«, machte ich, zog ihm die Hose zusammen mit den Boxershorts aus und warf beides auf den Boden. »Genieß es einfach.«

Bevor er ein weiteres Wort hervorbringen konnte, glitt ich zu seinem Schoß hinab. Ich nahm den männlichen Geruch seines Körpers wahr und schloss meinen Mund nur um die Spitze seines Schwanzes. Ich hörte, wie er erschrocken aufschrie, aber er protestierte nicht. Meine Zungenspitze drang in den Spalt und versuchte, ihn aufzureißen. Ich wusste nicht genau, wie ein anderer Mann schmeckte, aber ich wusste, dass ich Allen schon seit vielen Jahren auf diese Art gewollt hatte. Ich hatte es mir ausgemalt, seit er das erste Mal glücklich von seiner ersten Frau und den Kindern, die sie haben würden, gesprochen hatte.

Ich sog ihn immer tiefer in mich hinein und ignorierte das unangenehme Gefühl in meiner Kehle. Allen fluchte atemlos. Sein Rücken bog sich durch. Als ich ihn bearbeitete, wurde er hart und füllte meinen Mund und meine Kehle aus. Mein eigener Schwanz tropfte auf das Laken.

»D… Das reicht«, sagte Allen, vergrub die Hände in meinem Haar und zog daran.

Doch ich lutschte nur noch intensiver an ihm und nahm ihn so tief in mich auf, dass ich fast daran erstickt wäre. Meine Augen tränten, während ich versuchte, meinen Würgereflex zu unterdrücken. Ich konnte nur das Blut hören, das in meinen Ohren rauschte. Allens Stimme war nur noch ein blechernes Echo.

Sein Körper spannte sich an und seine Finger verkrampften sich in meinem Haar, als er kam. Eine heiße, zähe Flüssigkeit lief meine Kehle hinunter und ich schluckte sie gierig. Während ich noch seinen erschlaffenden Schwanz molk, war ich längst selbst gekommen und hatte meine Ladung über dem Bett verteilt.

Sein Körper entspannte sich und er sackte zurück auf die Mattratze. Ich legte meinen Kopf auf seinen Bauch. Schweigend lauschten wir unseren rhythmischen Atemzügen.

Später weckte mich ein Klopfen, das aus dem Hinterhof herüberdröhnte. Es waren die gleichmäßigen Schläge eines Hammers auf Holz. Ich war allein in Allens Bett.

Ich rief bei der Arbeit an und bat meinen Vorgesetzten, jemand anderen zu finden, der an diesem Tag meine Schicht übernehmen könnte, da ich mich um einen familiären Notfall kümmern müsse. Das anhaltende Echo des Hammers dröhnte immer noch durchs Haus, als ich mir mit heißem Wasser aus dem Hahn einen Instantkaffee machte. Die starke Säure des Kaffees wusch den Geschmack in meinem Mund weg.

Ich folgte dem Geräusch bis hinter das Haus. Dort stand ein provisorischer Geräteschuppen, in dem wir nicht nur den Traktor aufbewahrten, sondern auch alles andere, was nicht in die Garage passte. Die Vordertüren standen offen, sodass ich sehen konnte, wie Allen ungleiche Sperrholzbretter zusammenzimmerte. Vater saß in einem abgenutzten Korbstuhl in der Nähe und beobachtete ihn. Auf dem Schoß hatte er sein Radio.

Allen baute einen Sarg für Jesse.

Als ich näher kam und mich neben Vater stellte, hielt Allen in seiner Arbeit inne und blickte mich an. Sein Gesicht zeigte keinerlei Regung. Nichts verriet, was Stunden zuvor geschehen war. Das hatte ich auch nicht erwartet. Er wandte den Blick wieder seiner Arbeit zu und machte weiter.

»Er mochte den Jungen«, sagte Vater. Seine Worte wurden fast vom Hämmern übertönt.

»Ich weiß«, erwiderte ich und tätschelte Vaters Schulter. »Ich habe mir den Tag freigenommen, auch wenn ich nicht das Gefühl habe, dass ich hier gebraucht werde.«

Ich beobachtete Allen noch eine Weile, bevor ich mich abwandte und ging. Es sollte allerdings nicht allzu lange dauern, bis ich zurückkehren würde.

Als der übliche Anruf von Vater Sonntagabend nicht kam, dachte ich mir nicht viel dabei. Obwohl dieser zur Routine gehörte und er keinen Anruf vergessen hatte, seit ich vor sechs Jahren in die

Stadt gezogen war, hinterfragte ich das nicht. Zwei weitere Tage vergingen, bevor ich zu Hause anrief, aber niemand nahm ab. Nicht einmal Allen. Ich nahm mir frei und fuhr noch am selben Tag nach Hause. Als ich bei der Farm eintraf, war es später Nachmittag. Das Haus wirkte beim Näherkommen unverändert. Aber etwas war anders.

Zwei Monate waren vergangen, seit Jesse gestorben war.

Vaters alter Korbschaukelstuhl mit den Löchern stand verlassen auf der Veranda. Ich starrte ihn an und versuchte einen Moment lang zu verstehen, was das zu bedeuten hatte, bevor ich ins Haus ging. Als ich erst nach Vater und dann nach Allen rief und keine Antwort erhielt, wurde mir alles klar.

Ich ging an der Rückseite des Hauses wieder nach draußen und fand Allen in Vaters altem Sessel. Es war ein weiterer seiner Lieblingsplätze, an dem er sitzen konnte, wenn die Sonne vor dem Haus zu intensiv war, und von dem aus er Allen beobachtete. Jener saß vornübergebeugt, die Ellbogen auf die Knie gestützt. So starrte er auf den Boden und rührte sich nicht. Es schien, als würde er schon eine ganze Weile so dasitzen.

»Allen«, rief ich seinen Namen.

Er blickte nicht auf. Stattdessen deutete er auf die Seite der Scheune. Ich ging darauf zu, bis ich ein kleines Feld mit frisch umgegrabener Erde fand, ein Farbklecks in dem weiten Stück blassen, trockenen Landes, das wir besaßen. Es war neu. Ein kleiner, zwölf Zentimeter hoher Lattenzaun umrahmte die drei mal drei Meter große Fläche. Innerhalb des provisorischen Zauns gab es zwei Stellen, an denen offensichtlich Gräber ausgehoben worden waren, auch wenn keines markiert war. Ich wusste, dass eins das von Jesse war. Das andere war Vaters Grab.

Ich drehte mich um, ging wieder zu Allen und blieb stehen.

»Warum hast du mich nicht angerufen?«, fragte ich ihn. Ich war nicht wütend, auch wenn ich es hätte sein sollen.

Er ließ den Kopf noch tiefer hängen und seine Schultern begannen zu zucken. Er hatte angefangen zu weinen. Ich sah, wie seine Tränen herabtropften, doch er gab keinen Mucks von sich. Ich ließ ihn gewähren und beobachtete ihn, dem Drang widerstehend, ihn in die Arme zu schließen und ihn festzuhalten. Aber ich verdiente die Wahrheit.

»Er ist im Schlaf gestorben«, erklärte er schließlich. Seine Stimme klang leise und brüchig. »Vor drei Tagen bin ich aufgewacht und war plötzlich ganz alleine …«

Er wischte sich mit den Handballen die Tränen aus den Augen, sah aber immer noch nicht zu mir auf.

»Du bist nicht allein«, erwiderte ich und streichelte sein Haar. »Du hast mich.«

Er vergrub sein Gesicht in den Händen und schluchzte ungehemmt. Es brach mir das Herz. So hatte ich ihn noch nie leiden sehen. Ich hielt ihn fest und ließ ihn weinen.

»Warum verlassen mich alle?«, fragte er. »Warum lügen sie mich an, wenn sie sagen, dass sie mich lieben?«

Diese Worte bohrten sich mir mitten ins Herz. Die Realität traf mich wie ein Hammerschlag. Wenn ich Allen nicht dazu gebracht hätte, seine erste Frau loszuwerden ... oder Jesse das Messer nicht gegeben hätte, wäre er jetzt vielleicht nicht allein. Der Schmerz, unseren Vater verloren zu haben, wäre leichter auszuhalten. Doch ich musste erkennen, dass ich den Gedanken nicht ertragen konnte, dass Allen mit jemand anderem als mir glücklich sein könnte. Und das, obwohl ich bereits ein glückliches Leben ohne ihn führte. Die Schuld stach wie ein Messer in meiner Brust, als mir klar wurde, dass ich es trotz des Schmerzes, den Allen nun empfand, immer wieder genauso machen würde. Meine eigenen Bedürfnisse überwogen Allens Leid.

»Ich werde dich nicht verlassen«, versicherte ich ihm. Das war die einzige Wahrheit, die ich ihm bieten konnte.

»Was soll ich jetzt nur tun, Robert?«, fragte er und blickte endlich zu mir auf. Seine Augen waren gerötet und schimmerten feucht, während die Tränen weiter flossen. »Der Schmerz in meiner Brust geht einfach nicht weg ...«

Ich beugte mich vor und küsste ihn auf die Stirn.

»Ich werde mich um dich kümmern«, sagte ich und wischte ihm mit den Daumen die Tränen aus den Augenwinkeln. Ich zwang mich, für ihn zu lächeln.

»Ich verspreche dir, dass es keine Lüge ist, wenn ich dir sage, dass ich dich liebe und dich nie verlassen werde.«

Neue Tränen liefen über sein Gesicht, als er kaum merklich nickte.

Es dauerte noch eine Stunde, bis ich ihn dazu bewegen konnte, wieder ins Haus zu gehen. Während ich die Schränke und den Kühlschrank nach irgendetwas durchsuchte, das ich für ein spätes Mittagessen verwenden konnte, saß er am Küchentisch. Ich fand nur eine halbe Packung Milch und eine Schachtel mit Cornflakes. Die servierte ich ihm in einer Plastikschüssel und legte einen Löffel daneben.

»Ich gehe später los und besorge was«, sagte ich. »Du siehst aus, als hättest du seit Tagen nichts gegessen.«

Er starrte die Cornflakes an und schob die Schüssel von sich. »Das will ich nicht«, sagte er.

»Das war keine Bitte«, erwiderte ich und schob die Schüssel zu ihm. »Iss.«

Keiner von uns bewegte sich. Dann endlich nahm er den Löffel in die Hand und löffelte die Cornflakes aus der Schüssel. Er zögerte erst, doch dann aß er.

Ich strich ihm übers Haar. »Pop würde es gar nicht gefallen, wenn du krank wirst«, sagte ich.

Er antwortete nicht, sondern aß einfach weiter.

»Dein Haar ist schon wieder zu lang«, bemerkte ich, als ich ihm über den Kopf bis in den Nacken strich. »Ich schneide es dir nachher.«

Er schwieg weiter, während er mit hölzernen Bewegungen aß. Er tat es nur, weil ich es ihm gesagt hatte. Als er fertig war, verblieb ein kleiner Rest Milch unten in der Schüssel.

»Ich will mich hinlegen«, sagte er und schob seinen Stuhl zurück.

»Klar«, erwiderte ich. Als er stand, küsste ich ihn auf die Wange. Seine Bartstoppeln kratzten an meinen Lippen.

Mit gebeugten Schultern schleppte er sich, ohne sich noch einmal umzublicken, die Treppe hoch.

Während er schlief, fuhr ich zum Einkaufen in die nächste Stadt. Die Gedanken in meinem Kopf kreisten um nichts anderes, als was ich mit Allen anfangen sollte. Vater war das Einzige gewesen, das uns hier draußen hielt. Nun, da er weg war, war ich ratlos, was ich tun sollte. Ich war nicht sicher, ob Allen allein überleben könnte. Natürlich könnte er es, rein körperlich. Aber auch wenn er kein sozialer Mensch war, brauchte er Gesellschaft.

Ich hielt an der Fleischtheke inne und betrachtete das in Styropor verpackte Rindfleisch. Für eine lange Zeit starrte ich es regungslos an, während ich über Allen nachdachte. Plötzlich beugte sich eine Frau vor und fragte, ob ich Hilfe bräuchte.

»Ich arbeite nicht hier, aber …«, sagte sie und ihre Wangen röteten sich leicht. Sie war jung, wahrscheinlich noch Studentin. Eine gut aussehende Frau mit langem braunem Haar, das sie zu einem Pferdeschwanz zusammengebunden hatte.

»Danke«, antwortete ich und erwiderte ihr Lächeln. »Ich bin wirklich eine Niete im Haushalt.«

Ihr Lächeln wurde breiter. »Vielleicht kann ich helfen«, bot sie fröhlich an. »Sie sehen nicht aus, als wären Sie von hier …«

»Ist das so offensichtlich?«

Sie lachte und zwinkerte mir zu. »Das ist ein Kompliment«, versicherte sie. »In diesem Kaff gibt es viele Jungs, aber nicht viele Männer.«

Nach einem spontanen Kaffee an einem der Stände im Supermarkt, fuhr ich nach Hause. Wir hatten über Nichtigkeiten gesprochen, während ich über Allen nachgedacht hatte. Ich erkannte, dass sie nicht zu ihm passen würde. Sie würde wahrscheinlich nicht mal einen Tag durchhalten, mir im Nachhinein aber nur noch mehr Arbeit machen. Nachdem sie ihre Nummer auf meinen Pappbecher geschrieben hatte, verließ ich sie mit dem Versprechen, sie anzurufen. Am Ausgang warf ich den Becher in den Müll.

Die Sonne ging bereits unter, als ich nach Hause kam. Ich stopfte die Plastiktüten in den praktisch leeren Kühlschrank und ging nach oben, um nach Allen zu sehen. Er schlief immer noch. Er hatte sich in Seitenlage zusammengerollt und das Kissen unter seinem Kopf zusammengeknüllt. Die Decken waren heruntergerutscht und lagen in einem Haufen am Fußende. An der Tür des begehbaren Kleiderschranks am Fenster hing das Hochzeitskleid auf einem Drahtbügel. Unter dem Gewicht des Kleides bog er sich durch. Ich ging näher heran, um es zu betrachten und mit den Fingern über den einst weißen feinen Stoff zu streichen, der nun mit Flecken übersät und vergilbt war. Von den Perlen war nur noch ein Strang übrig.

»Tut mir leid«, sagte ich. Das machte ich nur, weil ich das Gefühl hatte, es tun zu müssen, auch wenn ich es nicht ernst meinte.

Ich wandte mich wieder Allen zu, zog meine Schuhe und meine Jacke aus, legte sie auf den Deckenhaufen und kroch zu ihm ins Bett. Selbst als ich näher kam, bewegte er sich nicht, bis ich nah genug war, dass mein Gesicht fast seinen Nacken berührte. Darauf schlang ich meine Arme um ihn.

Wir lagen eine ganze Weile so da. Es musste fast eine Stunde vergangen sein, in der ich zusehen konnte, wie das Licht langsam aus dem Raum wich. Irgendwann war er aufgewacht, aber er regte sich nicht. Ich wusste, dass er wach war, weil sich der Rhythmus seiner Atmung verändert hatte.

»Was soll ich jetzt tun, Robert?«, fragte er erneut in einem Flüsterton.

Ich drückte ihn fester an mich und küsste seinen Hals. »Du hast noch mich«, sagte ich.

»Du hast ein Leben in der Stadt«, erwiderte er. »Ein anderes Leben.«

»Dann komm mit mir in die Stadt.«

»Nein. Mein Leben ist hier ... auch wenn ich hier alleine bin.«

Ich hatte gewusst, dass er das sagen würde. Allen fuhr noch nicht einmal gern in das nächstgelegene Städtchen, das vielleicht ein paar Tausend Einwohner hatte. Er brauchte Gesellschaft, aber er hasste es, unter Fremden zu sein. In der Stadt würde er verrückt werden.

»Auch wenn ich physisch nicht anwesend bin«, sagte ich und streichelte sein Haar, »werde ich in Gedanken immer bei dir sein.«

Wieder schwieg er. Wir lagen noch eine Weile so da, bis er sich schließlich rührte und Anstalten machte aufzustehen. Ich entließ ihn aus meiner Umarmung. Selbst in der Dunkelheit konnte ich seine Silhouette erkennen. Mit gesenktem Kopf saß er auf der Bettkante.

»Hast du Hunger?«, fragte ich ihn und setzte mich ebenfalls auf. »Ich mach dir ein Steak.«

Ich konnte sehen, wie er das Gesicht in den Händen vergrub. Ich zog ihn zu mir heran, bis er an meiner Brust lehnte. »Lass mich dir einen Teil des Schmerzes nehmen, okay?«, flüsterte ich in sein Ohr.

Ich erwartete keine Antwort von ihm und bekam auch keine. Ich küsste ihn auf die Wange. Sie war feucht. Darauf legte ich eine Hand an sein Kinn und drehte seinen Kopf zu mir, um ihn küssen zu können. Als ich meine Zunge in seinen Mund schob, spürte ich, wie er zusammenzuckte. Doch er zog sich nicht zurück. Während ich ihn küsste, drückte ich ihn wieder zurück aufs Bett und kniete mich über ihn.

»Robert …«, sagte er, als ich meine Lippen von seinen löste.

»Allen«, antwortete ich und beugte mich weit genug herüber, um die Nachttischlampe einschalten zu können. Ich musste ihn sehen. »Sag mir, was du willst.«

Ich hatte ihn unter mir eingekeilt. Obwohl er eigentlich von größerer Statur war, wirkte er wie ein verlorener Junge, als er so unter mir lag.

»Wirst du mir eine neue suchen?«, fragte er schließlich leise. »Eine neue Braut?«

Die Worte durchfuhren mich wie ein glühender Speer. Ich wusste nicht, ob mir der Schock anzusehen war. Ich lehnte mich vor und gab ihm einen Kuss auf die Stirn. »Natürlich«, erklärte ich. »Ich würde alles tun, damit du wieder glücklich wirst.«

Studio Notes

von TogaQ

Charakterprofile

Jesse

Jesses Charakter ist mir nicht besonders in Erinnerung geblieben, auch wenn er am besten aussehen sollte. Irgendwie sind die gut aussehenden Figuren nicht wirklich eine Herausforderung für mich, weil sie immer ähnliche Eigenschaften haben – schönes Haar, schöne Augen, schönes Gesicht.

Am Ende sehen alle hübschen Menschen irgendwie gleich aus. Jesse ist androgyn, also ist er wenigstens einfach zu zeichnen.

Er tut mir vom Anfang bis zum Ende leid. Auch wenn mir bewusst ist, dass er eher ein Mittel zum Zweck als eine Hauptfigur ist, fühle ich mich trotzdem schuldig, wenn ich eine Figur umbringen muss. Selbst wenn sie nicht mein Liebling war.

Allen

Allen vermittelt den Eindruck von jemandem, der ungepflegt ist und sich einfach nicht darum schert, wie er aussieht. Er ist das genaue Gegenteil seines Bruders. Sein Charakter ist aus ein paar Sätzen über seine Art zu gehen, seine mangelnde Eloquenz und seiner Beschreibung als »unscheinbar« entstanden.

K. Neko war von diesem Design schockiert. Sie war der Meinung, dass er zu sehr wie ein Landstreicher aussah. Aber Allen hat etwas an sich, das ich ganz besonders mag – er ist eine Art ungeschliffener Diamant.

Ich glaube, als Uke wäre er sehr heiß (vor allem für seinen Bruder!), weil er so unnahbar wirkt. Natürlich ist diese Bevorzugung durchgeschlagen, als ich das Cover entworfen habe. Allen wirkt darauf markant und gut aussehend – überhaupt nicht »unscheinbar«, wie sein Bruder ihn beschreibt. Was nichts Schlechtes ist. Das Cover hat K. Neko dazu gebracht, die Geschichte so zu überarbeiten, dass sie sich mehr auf die Brüder konzentriert, und Allen mehr Text und Tiefe zu geben.

The Cop

Wenn ich ein Charakterdesign entwickeln soll, vor allem basierend auf einem Text, nehmen die Figuren in meinem Kopf durch die Art, wie sie sprechen und sich verhalten, Gestalt an. Mit K. Neko zusammenzuarbeiten, die oft nur minimale körperliche Beschreibungen liefert, ähnelt meiner Arbeit als Comiczeichnerin, indem sie mir mehr Gestaltungsfreiraum gibt. Diese in der Hauptgeschichte bisher namenlose Figur, die Allens jüngerer Bruder ist, habe ich als Erstes entworfen.

Er war eine echte Herausforderung und schwerer zu fassen als die anderen drei Figuren. Wie üblich habe ich mir zuerst die passende Frisur überlegt, bevor ich das Gesicht und den Körper ergänzt habe. Er wirkt wie jemand, der immer ruhig und gefasst ist. Ein Metrosexueller – jemand, von dem man nicht erwarten würde, dass er psychotisch und abgestumpft ist. Daher macht ihn sein Lächeln so unheimlich.

Pop

Beim Vater der Jungs fragt man sich, was für ein heißes Supermodel die Mutter gewesen sein muss, damit zwei so gut aussehende Söhne dabei herauskommen konnten. Im Boys-Love-Land kann jeder Uke oder Seme wunderschön sein, egal, von wem er abstammt.

Ich mochte es, ihn zu zeichnen. Wie jeden Charakter, der nicht »gut aussieht«. Man kann diesen Figuren so viel mehr eigene Charakteristika verpassen. Es gibt unendlich viele Möglichkeiten, ein Charakterdesign »hässlich« zu machen, aber nur eine Handvoll, um es schön zu machen. Ich kann kreativer sein. Tatsächlich habe ich mehr über mein Handwerk gelernt, indem ich nicht im klassischen Sinne gut aussehende Figuren gezeichnet habe, bevor ich mich an die hübschen gewagt habe.

Pop ist der »Gruselfaktor«, den K. Neko an dieser Geschichte so zu lieben schien. Und als ich die Szene in der Küche gezeichnet habe, habe ich es verstanden. Sie hinterlässt dieses ungute Gefühl, das einen nicht loslässt, auch nachdem man das Buch zugeschlagen hat. Das mag verstörend klingen, aber das ist etwas, was wir bei Guilt|Pleasure sehr gerne mit unseren Lesern machen.

Studio Sketches

>>The Bride<<

Diese Skizzen habe ich noch aufbewahrt. Wenn ich eine Szene im Kopf habe, versuche ich sie aus verschiedenen Blickwinkeln zu zeigen.

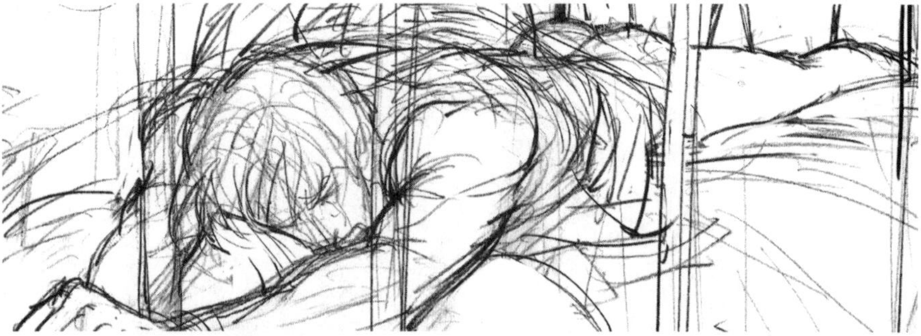

Hier sind ein paar Ausschnitte, die euch wahrscheinlich gar nicht bekannt vorkommen. Wie zum Beispiel Jesses Todesszene. Ich hätte diese Szene gerne gezeichnet, wenn ich die Zeit dazu gehabt hätte.

Guilt | Pleasure, TogaQ & Kichiku Neko

In these words

1

altraverse

In these words

Guilt|Pleasure: TogaQ & Kichiku Neko

Psychiater Katsuya Asano soll einem Serienkiller, der jahrelang sein Unwesen getrieben hat, ein Geständnis entlocken. Eingesperrt auf engstem Raum verwickelt ihn der charismatische Täter immer tiefer in seine Psychospielchen und die Grenzen zwischen Realität und Traum verschwimmen immer mehr ... Gibt es eine Verbindung zwischen Katsuya und dem Mörder?

Guilt|Pleasure, TogaQ & Kichiku Neko
Undertow
In these words Prequel

PREQUEL ZU IN THESE WORDS

altraverse

Undertow
Guilt|Pleasure: TogaQ & Kichiku Neko

Um sich die Liebe seiner Familie zu verdienen, hat Katsuya immer versucht, ein Musterkind zu sein. Aber als diese ihn sogar am Tag des Schulabschlusses übergeht, ist es ihm genug und er reißt wütend aus. Ziellos irrt er durch die Straßen Tokios und landet schließlich in einer Bar, in der ihm ein charmanter Fremder plötzlich ein verlockendes Angebot unterbreitet ...

Guilt|Pleasure, TogaQ, Kichiku Neko & Suzume

New York Minute

In these words Prequel

New York Minute

Guilt|Pleasure: TogaQ, Kichiku Neko & Suzume

Der verschlossene Katsuya Asano beginnt seine Karriere als Polizeipsychologe beim New York Police Department. Dort erregt er das Interesse des Mordermittlers David Krause. Ob es dem charismatischen Detective gelingen wird, Katsuyas Verteidigungsmauern niederzureißen und ihn für sich zu gewinnen?

Guilt | Pleasure, TogaQ & Kichiku Neko

Maybe someday

In these words Prequel

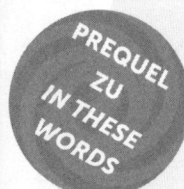

PREQUEL ZU IN THESE WORDS

altraverse

Maybe someday

Guilt|Pleasure: TogaQ & Kichiku Neko

Sein allererster Fall führt den jungen Polizisten Kenji Shinohara under-
cover nach Hongkong. Er soll einen Jungen zurückholen, der von einem
Menschenhändlerring entführt wurde. Doch dann fliegt seine Tarnung auf
und plötzlich findet er sich selbst dem berüchtigten Menschenschmugg-
ler gegenüber ...

Guilt|Pleasure, TogaQ & Kichiku Neko

Equilibrium Side A

In these words Prequel

altraverse

PREQUEL ZU IN THESE WORDS

Equilibrium

Guilt|Pleasure: TogaQ & Kichiku Neko

Eigentlich scheint es zwischen David und Katsuya gut zu laufen – bis
Katsuya von Davids dunkler Vergangenheit erfährt. Er ist völlig fasziniert
von der SM-Welt, in der sich David früher herumgetrieben hat, und will
unbedingt eigene Erfahrungen machen. Aber ist ihre Beziehung stark
genug, dieses Abenteuer zu überstehen?

Guilt | Pleasure, TogaQ & Kichiku Neko
Father Figure
In these words Spin-Off

altraverse

SPIN-OFF ZU IN THESE WORDS

Father Figure

Guilt|Pleasure: TogaQ & Kichiku Neko

Gabriel hat seinen Vater nie kennengelernt. Als Erwachsener macht sich der junge Polizist auf die Suche nach ihm. Doch was als bloßes Interesse an seinem ihm fremden Erzeuger beginnt, entwickelt sich schon bald zu einer krankhaften Obsession, die ihn dazu treibt, ihn ganz für sich allein haben zu wollen ...

The Doll

Guilt|Pleasure: TogaQ & Kichiku Neko

Vincent Lynch ist ein knallharter Kopfgeldjäger, der weiß, was er will.
Er wird angeheuert, um eine »Doll« zurückzuholen, einen künstlichen
Menschen, der die tiefsten Sehnsüchte seines Besitzers erfüllen soll. Der
scheinbar einfache Auftrag stellt bald schon alles in Lynchs Leben in
Frage: Seine Prinzipien, seine Moral und sogar seine Wünsche ...

Guilt|Pleasure, TogaQ & Kichiku Neko

Persona non Grata

The Doll Sequel

SEQUEL ZU THE DOLL

Persona non Grata

Guilt|Pleasure, TogaQ & Kichiku Neko

Eigentlich haben sich Ex-Kopfgeldjäger Vincent Lynch und seine Doll Kai zurückgezogen und sind sesshaft geworden. Doch Lynchs dunkle Vergangenheit holt ihn wieder ein. Gebrochen und »tot« bleibt er zurück. Mit einem Gefühl zwischen Entschlossenheit und Widerwillen bleibt ihm nun nichts anderes übrig, als erneut zur Waffe zu greifen.

altraverse

Deutsche Ausgabe / German Edition
Altraverse GmbH – Hamburg 2021
Aus dem Englischen von Katrin Aust

The Bride
© GUILT|PLEASURE 2013
All rights reserved.
First published in 2013 by GUILT|PLEASURE.
German translation rights arranged with GUILT|PLEASURE.

Redaktion: Anne Faltin
Satz + Herstellung: Madlyn Weyhe

Druck: CPI books GmbH, Leck
Printed in Germany

Alle deutschen Rechte vorbehalten.
ISBN 978-3-96358-726-9
1. Auflage 2021

www.altraverse.de